U0922006

鱼在海的眼睛里停留

小岛 著

西南师范大学出版社
国家一级出版社 全国百佳图书出版单位

图书在版编目（CIP）数据

鱼在海的眼睛里停留 / 小岛著. — 重庆 : 西南师范大学出版社，2016.5（2017.10重印）
ISBN 978-7-5621-8019-7

Ⅰ. ①鱼… Ⅱ. ①小… Ⅲ. ①爱情诗－诗集－中国－当代 Ⅳ. ①I227

中国版本图书馆CIP数据核字(2016)第129457号

鱼在海的眼睛里停留

YU ZAI HAI DE YANJING LI TINGLIU

小岛　著

责任编辑：吕　杭　畅　洁
封面设计：熊艳红
版式设计：尚品视觉 CASTALY　周　娟　刘　玲
出版发行：西南师范大学出版社
地址：重庆市北碚区天生路2号
邮编：400715
http://www.xscbs.com
印　　刷：重庆共创印务有限公司
开　　本：889mm×1194mm　1/32
印　　张：5.25
字　　数：127千
版　　次：2016年6月　第1版
印　　次：2017年10月　第2次印刷
书　　号：ISBN 978-7-5621-8019-7
定　　价：39.00 元

献给爸爸、妈妈和你

小

岛

90后，出生在海南陵水，黎族小伙。英国东安格利亚大学硕士，北京奥运会火炬手，原海南交通广播主持人。天蝎男，潜水文学，浮潜佛学。旅行二十几国，探寻人生的价值和乐趣。他说：“我的精神世界里有一座小岛，希望人人登岛。”

微博：小岛民的阳光 HU
邮箱：xiaodao1111@qq.com

序
Preface

这是一篇不存在的序，诗集首版之初，我和吕杭编辑决定要将空白留存，生活赋予我们太多的言语，我却深知，只有深情蕴藏在大海深处。你，我亲爱的读者，请你站在海边，静静聆听每一首诗的呼吸。

充电线坏了，电脑只剩下 13% 的电量，我会在 3% 止笔。

（1）

2016 年除夕，我完成了全书的文稿，在徐志摩先生的见证下，从英国剑桥发回国内。初夏，《鱼在海的眼睛里停留》与众人相会，我的生活慢慢发生了变化，这是我的第一本书，从此，人们开始称呼我为诗人，人们开始相信我的笔下有一个如梦如幻的夜晚。我的心也开始膨胀，时常不能回归文字的平静，枷锁掐死我的声音，我被耗尽了血与肉。我开始不愿意翻开自己的书，像是一个不负责任的父亲，孩子出生以后一走了之，无情，冷酷，残忍，不再愿意提起“鱼在海的眼睛里停留”这 9 个字。

为什么？为什么灿烂的鲜花坠入地狱？

爱来得深沉，我只能选择在沉默与痛苦中砥砺前行。

我不愿意用读者这个词，太生疏，太对立。请允许我用一个个“你”来记住你的模样。你为我的诗歌分享会送来一朵朵鲜花；你为我将诗集赠予图书馆，得以留存人间；你将幸运相伴的书签转交给我，希望好运和阳光留在我的身边；你愿我随心，一生漂泊，做一个人间与天堂的诗人“小岛”，为每一无家可归的人筑起小岛，一起登陆，一起生活在阳光灿烂的明天里。

我本想写一篇文章来感谢你们的爱，诗集出版后的一年里不知从何下笔。今日，有机会终于能与你相会，叙叙旧，喝杯书中的酒，让青春再次袭来。我已不再是书中的少年，轻盈地写下一笔笔心跳，我只会割下一点点的心血，让这人间的沧桑品味归去的脚印。

书里，是我在二十出头的那三年，毫不顾忌，想飞就飞，想爱就爱，想忘就忘的故事。前几日，野猫问我：“你写《等雨来》的时候是在恋爱吧？”没有回答。有故事的人生才会精彩吗？二十七的我会告诉你，并不，能够从一个阶段走到下一个路途，有人陪伴，喝杯红酒，脱光衣服奔向大海，号啕大哭，疯狂呐喊，一直做大海里的一只鱼，游过千帆，依然会爱，才是鱼，才是遇。

（2）

8% 的电量，我来说说彼此的疲惫吧。

你曾经问我，这本书里给你写了几首诗？当晚，你回家就数，是一遍，还是好几遍？第二天，你来告诉我，三首。我们每一个人都想存活在情情爱爱里，时刻新鲜，时刻热血沸腾。如今，我们并无言语，是我删掉了一切记忆。李宗盛有一首歌《山丘》，若干年前，你跨过了山丘，我还在山脚下，这两年，我走过了天涯海角，你还在山头仰望，今时今日，你给自己的诺言兑现了吗？放飞自由，去做一只冬天的小鸟。

我从来没想过，这是一本我一个人的书。当别人看不起我的时候，你说："他们都是道上著名的诗人，但就是少了你有的那一两句。"当别人看不懂我的时候，你说："我们都应该为自己的内心负责。"还记得十八岁吗？我闹离家出走。你给我打了一个电话，我们吃了一顿午餐，你问："钱够吗？要不要在楼下的 ATM 给你取一点钱。"还记得深夜的公园，我们去骑自行车吗？无形当中，我们陪伴了彼此走过了人生的艰难与快乐。

我还有什么能说？天各一方，各自独立，各自寻找幸福。

当然，我会记得我的承诺，为你的第一本书写序。

（3）

真残忍，只有 6% 的电量了。我一直都以为诗人的眼泪是留给自己，留在纸里的。2016 年 7 月 9 日，《鱼在海的眼睛里停留》新书发布会，傅天琳老师在谈对我作品的感触时，动容落泪。我在台下，看着七十岁的老人面孔，三岁的童心，我在那个夜晚告诉自己，笔下永远真诚，不管将来成为什么样的文人，都要将诗歌留给自己，不售卖，不逼迫，永远做一个有骨气的诗人。

这本诗集的初版，我们通过众筹的方式得到几千人的支持，感谢你，让我相信诗歌并不是小众，它是人们生活的一杯酒，喝了好睡；一杯茶，苦尽甘来；一杯水，一如当初。感谢蒋登科老师对我的循循教导，感谢西南师范大学出版社和西西弗书店对诗人小岛不断的提携和鼓劲。

电量从 5% 跳到了 6%，又恢复 5%，生活也是如此吧，意外不断，收获不止，始终是要走到 0%，从头再来，再出发，再停留。

这本书的最后，我们为你留下了几页又几页。

请写下你的故事，一两句，三五段，六七篇。

小岛，一直在海的眼睛里停留，等你。

小　岛

2017 年 9 月 28 日

印度西孟加拉邦 Mandarmani Beach

目 录
Contents

序 ……1

等雨来

等雨来 ……3
一见钟情 ……4
我要在台风天表白 ……6
是否 ……8
偷偷 ……10
是啊，我会四季为你浇水！ ……12
勾引 ……13
第一次约会 ……14
日出 ……15
你望着星星 ……16
黑夜里的人 ……17
糖不是甜的 ……18
情人节 ……20
爱 ……22
骗我是一种爱 ……23
情人的爱情 ……24

你是风里的一片云 …… 26
答案 …… 27
亲爱的，我带你回家 …… 28
车站相思病 …… 31
自言自语 …… 32
新年礼物 …… 33
爱洗碗的你在洗碗 …… 34
不要问我婚姻的颜色 …… 36
黑白 …… 37
离开爱你的安全感 …… 38
屏蔽你的心 …… 39
世界上并没有爱 …… 40
鱼在海的眼睛里停留 …… 43
有雨无雨 …… 44
天蝎的祝福 …… 47
爱情，带我上路吧！ …… 48

世界地图

世界地图 …… 53
谁跟我去法国? …… 54
约 …… 55
天亮的巴黎 …… 56
有的人 …… 57
关系 …… 58
后脚都来不及幸运 …… 59
想忘记你的第一天 …… 60
换季 …… 61
忘了就从头再来 …… 62
谁在白天亮着灯 …… 63
淡淡 …… 64
朝三暮四 …… 66
东方梦 …… 67
你要第一个找我——心里! …… 68
买张车票 …… 69
这趟火车的目的地 …… 70
两个人的旅行 …… 71

画面里的一切好完美 …… 72
结婚 …… 74
假如他日再相逢 …… 75
你死在 Google 园里 …… 76
重复 …… 78
解不了的爱情是毒药 …… 79
续杯 …… 80
在洛杉矶的街头想你 …… 82
位置 …… 84
就这样　说再见 …… 86
逃 …… 87
穿过爱情 …… 88

了了心愿

了了心愿 …… 93
你还好吗？ …… 94
今天是几号 …… 95
好久　好久 …… 96
你的名字　他人提及 …… 98
我还在生气 …… 100
报个平安 …… 102
那天　谁约了我 …… 104
牵手 …… 105
你捧着海枯石烂走向我 …… 106
哭也要自私地哭 …… 108
明信片里的笑脸 …… 110
我在梦里把你写下 …… 113
下一杯茶 …… 114
间隙 …… 115
如果我不再凭海临风 …… 116
等待 …… 117
等雨来不只是心愿了了 …… 118

请写下你的故事 …… 120

等雨来

等　雨　来

我喜欢下雨的城市
人们脚步带着匆匆
心却驻足在
城市里的某一个人
等一趟回家的公交车
望一眼湿透的衣裳
说一句又下雨了
这一份雨中的思念
要在烟雨蒙蒙的眼里
望不穿前方

我有一颗下雨的心
带着不爱下雨的你
去看尽人间烟火纷飞
我有一颗太阳下的炽热
带着不温不火的你
热透人世间的冷暖温情
我有一颗你有的心
你有一颗你的心
等雨来
等风来
等心心相印

一见钟情

空，两首歌的间隙
结束我的呼吸
一段悠远的二胡
痛白天来得太早
我要黑夜
我要月光
我要一见钟情

躲在影子里的人
不懂太阳的热度
下一场雨吧
我和你
跑到世界尽头的
彩虹里

我要在台风天表白

天气预报不断重复
五年来最大的台风
即将又即将
登陆
往日的天空多了几个
黑脚印
谁匆匆逃过
不经意地止步于此
给支离破碎的黑云
留下一道
520 胶也无法弥补的
伤痕累累

我愿我是
如胶似漆的 520
缝合你那破碎的心灵
我愿我是
黑脚印下的 520
粘住你走过的情缘

登陆吧！
五年来
最大的爱恋
我要在台风天
表白

是否

在花开面前
喝上一杯雨天的咖啡
读上一首别人的苦涩
想象雨中的你

眼睛停留在雨中的身影
那个脚印有一点泥泞
不敢想
你的前方是否有雨天
是否有晴天
是否有

走过一个雨天
收起我的伞

偷 偷

偷偷捧着一束橙色的玫瑰
在回家的公交车上
偷偷祝福你的明天
老套的美好前程
表达一份生日快乐的等待

等待理所应当的等待
偷偷忽略你的豪气
白开水的友情
喝出了偷偷的胆量

等待蜻蜓点水的等待

是啊，我会四季为你浇水！

给我一个夏天
城市无所谓
给我一杯酒
喝完能哭
给我
冬天偷走的你

经过最美的季节
秋天刚来
落叶来自你的脚下
“是一片片定情叶吗？”

转吧转吧
我想在春天的花园里
种花，哪一种颜色
能勾起你和我一起笑？
给我的土里放几颗种子吧
最好是随时发芽

是啊，我会四季为你浇水！

勾　引

这杯酒要喝多久
你一清二楚

第一次约会

你从空中走过
电线铺设红毯
乌云汇聚焦点
监控全程直播
见证
你的脚下
唯一的观众
我

日　出

天亮的第一个吻
害怕夹杂着兴奋

我们随着黑暗
把月亮送离大海
背后

眼前
号角和浪涛提醒着
你是我爱的人

世界很大
我陪你看太阳升起
世界很小
我帮你擦去清晨的雾

你望着星星

你望着星星
曾不知
我在你的眼里读懂了月亮

黑夜里的人

黑夜里的人，亲吻你，
分别在亲吻的这一瞬，回味。

害羞的夜明珠，属于我的黑夜，
你在最后一刻，见我。

留在黑夜的你，浅尝。
笑到第二夜，谢。

糖不是甜的

最快乐的事情
莫过于千方百计寻找的过程
饥饿感效应——
哪块糖不甜?
最痛苦的事情
莫过于看着你牵着他的手
电话里告诉我——
周末快乐!
拿出行李箱里放了一年的棒棒糖
死乞白赖地嚼个不停
在腐烂的甜味与牙龈出血的口腔中
我读懂

最快乐的事情是最痛苦的事情
最痛苦的事情是最快乐的事情

情人节

“你喜欢什么花？”
黄色的，或向日葵，或玫瑰，
或温暖的纯真——
我每次为你挑花的选择

“不要乱亲别人！”
我自己做得不好
我不够强大
我暂时不能结婚

留在宿舍门上
粉红色的玫瑰
“还喜欢吗？”
我真想拿把刀捅死自己

你，上一个你
留下的同一天

爱

我是一只苍蝇
被你拍死在眼里

骗我是一种爱

多大的心
看在眼里沉默不语
多大的心
跳在心里沉进海里
多大的心

骗我

骗我是一种爱
骗下去，好吗?

情人的爱情

浪漫的电影里总有一个桥段
爱意正浓的情人在机场
拥抱，Kiss，看着背影离去
飞机划过地平线
唯一的天际在云雾中慢慢散尽
有多少罗密欧与朱丽叶的悲欢离合
在飞机冲上云霄的那一刹
忘得一干二净　明明白白
唯有昙花一现的大手牵小手
消失在风平浪静的海平面

“爱情原本只有情没有爱
牵过手的陌生人是情人”

庸俗的爱情故事总有一句对白
"你走　我不会送
你来　再大的风雨我也会接"
很多机场的登机口和下机口是同一个
情人间何尝不是如此?
一直问你在哪里的人
并不会真正去找你
找你的那一个人
有你的那个城市叫——
目的地
有她的那个约定叫——
出发

"爱情原本只有情没有爱
情人里的陌生人是爱情"

你是风里的一片云

你是风里的一片云
云里透着光芒
我是海里的一粒沙
沙里漏着尘埃

当海风轻轻吹起
柔绵的绿沙
我将你依偎在
情人的浪怀

答　案

春天来了吗?

我还在冬天的不安里。

亲爱的，我带你回家

几年循环一回梦中梦?
你脸上的那一个疤
是谁的眼泪
凝固在那里——
右眼下刘海旁
挡住了我的视线
挡住了当初的模样

今晚回家的路上
星星点着星星
如果能牵着你的手
星星也会跟着我们回家
亲爱的，你看
月亮在你的脸上
为我们亮起了光

谁家的宝贝孤身一人?
上帝涌出几滴热泪
飞机穿越山峰
松鼠跳上屋顶
灯亮了

亲爱的，灯亮了，
我带你回家。

强劲动力　1.4T 涡轮增压发动机
为有鉴赏力的客户提供完美的座驾
管你是驴　是马　是狗屁
哪一辆能让我
践踏世俗的尔虞我诈
奋不顾身横跨太平洋
找寻
从未放弃一人坐车看风景
不爱说话只会哭的自己

爱开车的人遇上爱坐车的人
世界上最完美的结局

车站相思病

别克　菲亚特　卡罗拉　雷克萨斯
高矮胖瘦搭配赤橙黄绿青蓝紫
管他混合动力
用的汽油　柴油　黄花油
哪一辆能带我
逃离惨绝人寰的小岛
破除时光的千年魔咒
重遇
滔滔不绝一人开车看风景
不爱拍照只懂傻笑的你

自言自语

我只是灵隐寺旁的
一叶绿茶
等待来世
你把我相挖

你不仅是北高峰上的
一棵青松
等待今生
我把你守望

新年礼物

买一台电脑，送你，我的妻子
相信我，生活的最后一分钱
是我对你的爱，你的爱
在新的一年，烟火坠落，
伦敦城里，牵你的手，一起
花掉我的全部，全部给你

我一直在笑，美好的期许
是你，是你给我的
两个人，两个人的家庭磨圆
梦想的车轮，开到远方去
放飞，放飞我们全部的家当

爱洗碗的你在洗碗

一场大雨的凌晨 4 点某分，醉醒。
慌乱，头疼，呆滞，以及
对快乐的无比思念，失去后。
这感觉似曾相识——
短暂，迷离，美好的
不能再想象。

我在房子里寻找
你的脸庞。
你是一朵花，
开在我心里，
无时，有刻，某秒
你是某一个人，
在房子里等待的那一个人。

11 张白纸的留言，
红色，紫色，蓝色，还有
我最爱的铅笔，和
少了一个人，有一个
先走，忘了一个，找不到
一个。

收起一个人的床单，
打开房门，一阵风
吹着欢腾过后的平静。
乱七八糟，
走后的样子，一年
希望不仅仅是希望，
不同的朝向，都锁在
这间房子里。

睡了，让我好好睡上一觉。
这么多年，也该睡了，
这感觉非常熟悉，
我睡自己，
自己睡我，
不再醒来，直到
爱洗碗的你在洗碗。

不要问我婚姻的颜色

一块糖果，又香又甜
换走你的灵魂，血淋淋
一纸婚姻，非红即绿
给你耀眼的牢笼，炫彩
梦想的这一刻
来得如此平静
无风，无雨
无情，无爱
小恶魔，好戏登场了吗?
小天使，你要离开了吗?

不要问我婚姻的颜色
一切早已结束

黑　白

我们没有活在合适的颜色里

离开爱你的安全感

我在一个人疯狂的世界里
莫名其妙地发抖
为什么爱情
要有一个整齐的样子
如果你在我需要的时候
出现在安慰的黑夜
买一瓶酒吧
你陪我喝
一段感情里的依恋
我陪你喝
心事重重的甜蜜
到底谁需要酒
开吧！开吧！开吧！
在喝酒的安慰夜里
抱一抱疯狂的我
喝吧！喝吧！喝吧！
在一个人疯狂的世界里
离开爱你的安全感

屏蔽你的心

屏蔽我的微信，
我想算一算这笔账。
机票你买的，
酒店你订的，
吃饭？
我吃得下吗？
算清这笔账之前，

屏蔽你的心。

世界上并没有爱

世界上并没有爱
找个借口，抛弃孤单
你侬我侬?
恨不得抱着她
一起回到母亲的肚子里
对，没错
你们是龙凤胎

世界上并没有爱
找个借口，满足肌肤之乐
恨不得神仙快活
迷失自己，度日如秒
对，没错
人之初，性本善

世界上并没有爱
找个借口，灵魂伴侣
一个眼神，一个动作
对，没错
不召集，爱要自由组合

鱼在海的眼睛里停留

每个看画的人
和你一样
停留在别人的画里

我从你的眼前
走过　停下　等
等一句
一句说不出口的一句

我不懂这些画
和你有什么区别
鱼在海的眼睛里停留
我在你的身前　身后
走过

有雨无雨

雨天不应是悲伤的开始
窗外又开始了今年
数得清的第一场雨
雨越下越大
没人走在无雨的路上

雨还会下，人还会走
撑起一把有雨无雨的伞
坐回窗前
看雨中的雨

天蝎的祝福

你星座的上升是天蝎，
咬你一口，在
离心脏最近的地方，
痛，蝎子的牙祭。
血慢慢地溢出来，
是肉的真诚，
血慢慢地滴下来
滴
滴
滴
滴答
滴答滴答
你的心，听见
人群中
钟表的心跳了吗?

这是一只天蝎给你的祝福。

爱情，带我上路吧！

我要赴一场
说好再见的旅行
我的再见
你的再见

“爱情，带我上路吧！”

我看好了一片青山
与你孤独终老
你却说
你喜欢大海的远航

“爱情，带我上路吧！”

很多人都在等待
走到最后一天的那个人
我只相信
第一天
开始的一辈子

“爱情，带我上路吧！”

眼泪一下子掉了出来
太阳落山
椰子落地
人心落空

“爱情，带我上路吧！”
我和你在路上说再见

世界地图

世界地图

我的世界地图里
有你的一片海
你的世界地图里
有我的天空吗
买一把吉他
把旋律和笑容
装进瓶子里
漂给你

谁跟我去法国?

谁跟我去法国?
一束光射进刷刷的雨声
雨声中混杂汽车的脚步
忘记肩膀酸痛的早晨
我在拷问加州的阳光
一年里最幸运的十天?
世间的人为加州的阳光而来
最幸运的我
在拷问加州的雨水
谁给我阳光?
阳光、男人、女人
加州给世间完美的礼物
在完美面前
幸运是得不到的痛苦
加州，在这不愿有阳光的雨天
谁跟我去法国?

约

你是飞机，还未起飞；
我是飞机，已经到达。

天亮的巴黎

我在三年前的书里
埋下了一个梦
带着一颗无所畏惧的心
去到最浪漫的城市
两个人

一点波澜未起的
埃菲尔铁塔
说不出一句——
生活的名字
叫
现实

一个人
在天亮的巴黎
和说好只约下一次的你
浪漫
再见吧

有 的 人

有的人
一面后
不想再见

不见后
那一面
鬼魂难破

忘了
那一面
江湖上见

关　系

静止

每一个人的声音

停止

每一个故事的阴

不止

只是朋友

后脚都来不及幸运

读着落泪的文字
有星星的日子杳无音讯
说一声开始吧
忘记曾经的苦难
道一声走了
铭记花儿的露珠
未眠的狗
在鸣
前脚刚走
后脚都来不及幸运

想忘记你的第一天

想忘记你的第一天
你送了我一部手机
狠

我拿起红酒杯
怎么也喝不下
这口爱

从一个房间
走到另外一个房间
我就是找不到
充电器

一个人上路

换　季

落叶与无情
在岔路口结束
刚走的秋天

这个冬天
我会有新的温度
拒绝寒冷

忘了就从头再来

一顿自助餐
从天上吃到地上
落日、海水、夜色
四个小时的有效期
足以促膝长谈

一双沙滩鞋
从大西洋走到太平洋
曲径、尘土、风起
一个月的有效期
游出了一年的光阴

一个陌生人
从素未谋面到相识相知
纯净、绵柔、香甜
一辈子的有效期
忘了就从头再来

谁在白天亮着灯

谁在白天亮着灯
害怕关了灯的空白
全世界的安静冲进了耳朵
在黑夜里等待另一个白天

有一个人在呐喊
留下那一盏灯
我要亮起苍白的梦
直到心跳是红色的

不要在一盏灯里
仰望消失在空白里的人

淡 淡

我住在海的东边
却跑到西边的荒凉
感受一场山丘上的房屋
与你的距离

海风过后的头痛欲裂
是你的距离
不近不慢

弯弯曲曲的山路
隔断山与海与人

放弃咖啡买可乐
加过冰后的淡淡
你的距离
和淡淡一起
淡着我

朝三暮四

翻开朝三暮四
翻不过未写下的那首情诗
回复一条短信
回不去信中的约定

东　方　梦

你的夜里还有梦
我还未睡下
一声早安
牵挂着东方的日出
月亮指着黑夜
告诉我要爱做梦
你出现的每一场梦
是西方的终点
每晚等着这个梦
每晚求着这个梦
别醒来
早安连着晚安
是今生最好的梦

你要第一个找我——心里!

甜虾，清酒，早晨
老地方的二人世界。
断片生活，粘贴
你的身影，完整。
一年三个月又几天?
从未分开的点到为止，
不醉不找你，心里。

午后，抬头，定住
陌生人的相见恨晚。
时空交错，复制
碎片记忆，重合。
我也是这样!
精神病人互助会，
吃着你的药，心里。

比萨，入夜，地铁
换着城市再相遇。
面具脱落，删除
浪荡漂泊，回归。
你一直在重复——
要第一个找我，
这次，下次，永远!

买张车票

手摸向顺时针的铁轨
峦起的记忆陷入掌心的纹路

停留在下午四点的火车站
冰冷的手指轻浮拿铁的奶香

余温和你的影子随着一声鸣笛
漂回逆时针的车票里

这趟火车的目的地

这趟火车的目的地
和下车的城市
有一点区别
右边的窗户路过羊群
草儿追随风儿的方向
摇摇头吗?
不！风往哪吹
吹散一路上的千回百转！
到达思念
到达出路
到达你

两个人的旅行

你是左边的那颗星

我是右边的那颗星

两颗星的相遇

是世界上最动人的时刻

画面里的一切好完美

画面里的一切好完美
开在世界著名的一号公路
后座挂上我的西装
放上任意一首歌曲
一路开到拉斯维加斯
为你买一件
全世界最美的嫁衣
说出那句——
我们此生最期待的那句——

画面里的一切好完美
女人和狗
路灯与天空
我和你
真庆幸，有你
我不是那颗有半个身影的树
真幸运，有你
我不是那盏未亮的路灯

画面里的一切好完美
我从鸟儿的天空下走过
路灯和我的心一起闭着
来点风吧
好让不识趣的鸟儿飞走
我站上夜幕的巅峰
谁又站上我的心？

画面里的一切好完美
邮箱守候着我们的家
账单到了
奶粉买了
孩子来信了
亲爱的，我看着邮箱
数着日子
那就是我们的爱啊

画面里的一切好完美
树干砸向了天空
树枝一点点深入骨髓
慢慢吞噬最后的微光
鸟儿代替了公鸡
烟囱啊烟囱
你为什么无动于衷?

画面里的一切好完美
亲爱的
上帝这一次没有骗你
他是骗了我
画面里的一切好完美
我拖着两个箱子
走到下一条公路
等待下一个画面好美

结　婚

太阳和月亮坐上飞机
路过光芒中的彩虹

彩虹的迷幻
藏在云和雾里
风呼唤影子
太阳走过去
留下一阵透心的光

光停了下来
太阳和月亮
静止在时空的回望

星星带走太阳
点缀正午的耀眼
月亮遥望星空
守住流光的痕迹

记住风的吹动
太阳抱着月亮
哭泣在落地的雨天

雨天出现的彩虹
只是一道迷人的婚梦

假如他日再相逢

一天不吃药，
大胸咳嗽满屋跳，
不应该是心吗？
我倒想看看
一天不吃药的心
有没有你

一天不说话，
沉默是人们惯用的伎俩，
不应该是生日快乐吗？
我倒想看看
一天不说话的你
有没有我

假如他日再相逢，
狗不吃屎。

你死在 Google 园里

Google 园里到处是你的气息
真想 Google 你的心里
有没有我的一块园地
种上大白菜、茄子、辣椒
家

恐龙裹上新衣
过着
热了脱　冷了穿
与大楼相伴的冬天
属于他的你
是否
有我冷　没我热
只会相遇在初夏

我是园里的一朵指甲花
掐进你的肉
看一看静止的血
有没有我的一条染色体

山上的乌鸦
啊啊　又　啊啊
它叫出了我的沉闷
脚下的自行车
前进　又　前进
倒退着我的不情愿

站在 41 号楼下
我不想做 4 个人里的 1 个
离开 Google 园
你的气息
留在 41 号楼顶的
信号里

重 复

三首歌的时间
巴厘印记遇上性爱沙滩
摇晃即将爆裂的脑浆
注视
昨晚拥抱的那个人
酒精开始发作
张牙舞爪　口吐白沫
瞬间
灯光熄灭　音乐静止
喝着最后一口怀抱
牵着 2 号陌生人
寻找不夜城下
各自的归途

解不了的爱情是毒药

解药——爱情诗。
诗人服毒自杀。

爱情不是药。
心跳。一口就没。

爱情是毒。
医生？自己。

解不了的爱情是毒药，
诗人需要有毒的爱情。

续 杯

Yes—No
咖啡馆的名字
让我想到
谁伤了你的心

在爱情里
我想要一个结局
牵手天涯或
眼不见心不烦

你说——
要享受一段爱情
带来的快乐
痛苦呢?
黑咖啡真的好苦啊

爱情是一杯又一杯的
没有 Yes 没有 No
续杯

在洛杉矶的街头想你

树枝不时地勾住国旗
风停止了我的心
在洛杉矶的街头
想六年后
三十岁的台阶
站在哪儿?

韩国城的男女
认出了我的脸
黑长的刘海飘出几根泡菜
伴着酸辣的思念
谁亲吻我的额头?

如果你在美国
爱的前提是距离
再一次分别在十字路口
六年后的爱情
三十岁的牵手
握着谁?

浴缸的热水
浮出了我的心
雪白的肌肤张开情欲
随着心跳的撞击
我闭上了你的眼睛

住在洛杉矶的人会开车
而望不到尽头的我
拿着一本《诗人在纽约》
在去往三十岁的路上

位　置

我路过这条街上
最好的一个位置
看你

你继续往前走
我盯着那个位置
走远

我坐到对面的街上
看空了的位置
错过是一种回过头的天意

就这样　说再见

就这样　说再见
这只是七个字
我的心
痛的不止是七下
张开嘴
呼吸着每一口心痛
我想放声痛哭
在你的城市
如何去爱
眼泪教不会
那不是七个字
左边是你　右边是我
中间隔了一个人

逃

生活会走到哪里
在荒郊野外的旅馆醒来
我问自己
明天会爱着谁
房间里的灯亮了一宿
鸟儿戛然而止
我想找出一个见面的理由
吃一次你煎的鸡蛋
闻一闻香皂留在
你肌肤上的迷魂药

穿过爱情

我和你的第二次错过
停在一张未见面的机票

回忆细雨里的咖啡
幻影变换着你的味道

心跳藏在早班机里
消失在诺言下的城市

红色的风衣留在了悉尼
我穿过爱情　至少

了了心愿

了了心愿

房门前的花
开了
开得好特别
当我转过身去
画下的时候
枯了
世上的人也如此
等到的时候
走了

你还好吗?

下雨天的一朵花
很冷吧

下雨天的一辆车
很快吧

下雨天的一只鸟
很静吧

今天是几号

我忘记了今天是几号
天真蓝
走在草地上的感觉
是一种笑

我笑着看天
今天到底是几号
蚂蚁走过我的脚下
我又笑了笑
原来　原来
她真的懂得我的笑

好久　好久

好久　好久
没有看到点点繁星
你说
有星星在的地方
有你

好久　好久
没有聆听滚滚涛声
你说
大海的另一边
有你

好久　好久
没有你的只言片语
我说
还记得
沙滩边
月光下
我们走过的脚印吗?

好久　好久
没有面对大海
望着
一去不复返的
青春
问一声
好久　好久

你的名字　他人提及

你的名字　他人提及
何以作答?

冬天　你走到市中心
买两双袜子
厚我　薄你
那一天　学校的路灯下
第一次发现　你　如此动人

感冒　你熬了一整天
老母鸡汤　两碗
我大　你小
那一晚　他乡的家里
第一次发现　你　如此体贴

夏天　你收拾房间
两个枕头　一个枕套
我有　你无
那一刻　狭小的屋子里
第一次发现　我　如此重要

闷气　你爽朗的性格
作践自己　寻我开心
那一秒　心静得可怕
第一次发现　我　失去了你

你的名字　他人提及
何处安放?

最后一面的最后一个愿望
我们要一起去有沙漠的城市　你的故乡
第一句话的第一次见面
你家可以看到海啊？我喜欢。

我还在生气

雨滴敲打屋外的清晨
缓慢的爱情
在微醺中醒来
吻醒我的
是昨日
和已经忘却的你

我买了一对耳环
金色的蝴蝶
飞在你的耳下
那是我
陪伴的环绕

我生气了
没有耳洞
这是你的执着的选择
木屋的静谧
冰冻
我已苏醒的心

有些事情
会在适当的时候
想起
想起 +1
想起 +2

生气的雨滴
记住了昨夜的宿醉
宿醉的人
依然在生气

+1

+2

+3

报个平安

喝多了
在路灯下给你发邮件
手机摔得惨不忍睹
美好的微醺七扭八拐
跑了
都结束了吗?
做个挣扎难熬的梦
拥抱阳光里的你

睡着了吗?
难得我清醒得这么早
以前喝多的我
总是一通电话打给你
何去何从呢?
梦里想想
如何亲吻你满溢的青春

那天　谁约了我

那天　谁约了我
三里屯的榛子冰激凌
坐在二楼大落地窗前　街上空荡荡
你说　我谈恋爱了
我笑一笑　说　真好　恭喜

那天　谁约了我
旺角街头的凤爪 + 奶茶
四周鸡同鸭讲　好生热闹
你说　我累了
我笑一笑　说　好　睡吧

那天　谁约了我
厨房里炖着冬瓜排骨
整个世界都香味四溢　情汤肉欲
你说　等等我
我笑一笑　说　下回　我约

牵 手

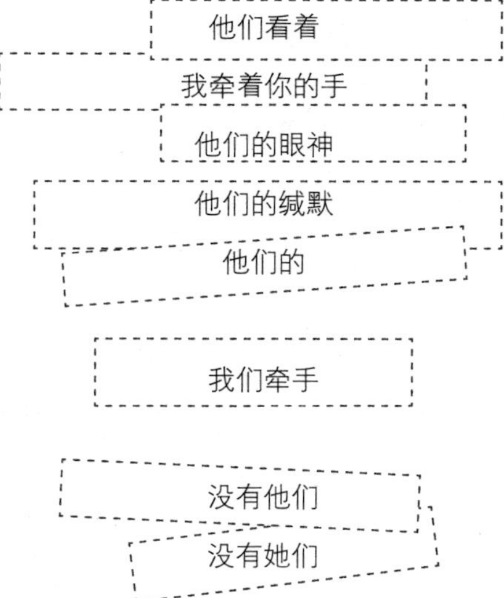

你捧着海枯石烂走向我

沉溺的海枯石烂
从你的脸上
进入我的心里
皱纹刻画成一片星空
那是
我牵着你的手
坐在一弯月牙上
摇曳的四只脚丫
从左到右
分别印下——
“海枯石烂”

十个并排的空杯
空着十年的记忆
我要从第十杯
一杯杯喝回
分开的那一天

那一天
我们从海边走过
你说——
将来我们的家是在海边
早晨
牵着我们的小狗
与浪花说一声早安
傍晚
吃着你做的饭
与日落说一声幸福

路过你家的
每一个清晨
每一个夜晚
大喊一声——
“海枯石烂”

走向未来的每一步
都是过去里的
每一张合照
每一次亲吻
每一个——
“海枯石烂”

属于我的你
捧着“海枯石烂”
走向
属于你的我

哭也要自私地哭

有一天 我再也找不到你　你　一定会笑
笑得没头没脑 笑的眼泪　不知何物
有一天 我无缘无故地疯　你　一定会哭
哭得没心没肺 哭得不知　哭为何物

如果非有那一天　你　当我死了
照片里不曾有我　杯子里的牙刷不曾成双
如果非有那一天　我　当你幸福了

希望你懂　我是爱你
爱你的　那个　自己
自己　的　自私

如果有一天　我　开始自私
请你不要哭　哭也要自私地哭

明信片里的笑脸

说完了你　也就道尽了我
故事才会回到开端
我们的昨天是从你开始的
零零碎碎的时光
洒满在每一张明信片上
黑白或缤纷
写满了你的字
在明信片的最后
你会画上一个笑脸
我很满意
你开始勾画了
未来的美好

认识你后的第四年
我的生命里没有了笑容
你的字
也从明信片上少之又少
我们都在长大的路上
你许下了一个愿望
直到今天我才发现
这个世界上
后知后觉的那个人是我
又过了一年
世界末日让我深信不疑
自由主义放飞了你的脚步
新的生活让我们来不及思考
得与失
催得让人忘记岁月的悄无声息
要从哪儿开始
青春的流泪呢?
你的脚步越来越疯狂
每一张明信片都带着一个疑问
短短一句话告诉我——
你恋爱了

看着你在异乡
放下了酒杯与惆怅
关于你的字迹
现在从我的本子上划去
就让生活的可能性
留在 18 张明信片的笑脸里

我在梦里把你写下

我在梦里把你写下，写下荡涤于脑海的记忆，记忆中的你。

拉开眼皮，我关上了一个世界，白墙，帘外的日光，笛声
太遥远，我要回到眼皮下不能忘却的世界。

我试着去回想，回想起忘掉的尘埃，不带一粒尘土，空气里，
你的笑脸和旋转木马，转啊转，转到我的心里。

钻墙声，我再一次钻入梦里，伸出右手，抓紧，抓不住
奔跑的力度，跑掉的梦里，我在原地。

再一次，再一次用鼻子呼出心里的不甘，干掉梦外左边的
巨响，不要塞进我的耳朵，不要进入我的梦里，我只要梦里的你。

蠕动我的身躯，左手关住右耳，右手打开天门，我要去梦里
记下，一闭眼就忘掉的你。

下一杯茶

一杯茶来自
同一壶泡开的水
从第一杯
喝到最后一杯
水清未眠淡

我看你的眼神
浓不过这杯茶
茶叶可以再买
开水可以再烧

我和你相约下一杯茶
简短易懂

间 隙

星星和月亮记忆
沉默里的一句话
往事锁定了
年华余风里的凝固
一个空间里的两棵树
叶子攀爬、掩盖、挡

看到间隙了吗?
爱情。

如果我不再凭海临风

如果我不再凭海临风
等待你的归来
那将是我已死去
与鱼相伴

如果我不再隔海相望
沉寂未断的相思
那将是你已死去
与我相依

等　待

谁敲的琴键
　　弹走相遇

谁开的电梯
　　送来陌生

这是好的
　　这是更好的
　　　这是

两杯柠檬水
　　　指着拿铁
烟灰缸装满
　　　尸体的

　等待

等雨来不只是心愿了了

蜻蜓点水
你飞

一夜无露
谁来哭

曲终情散
我在

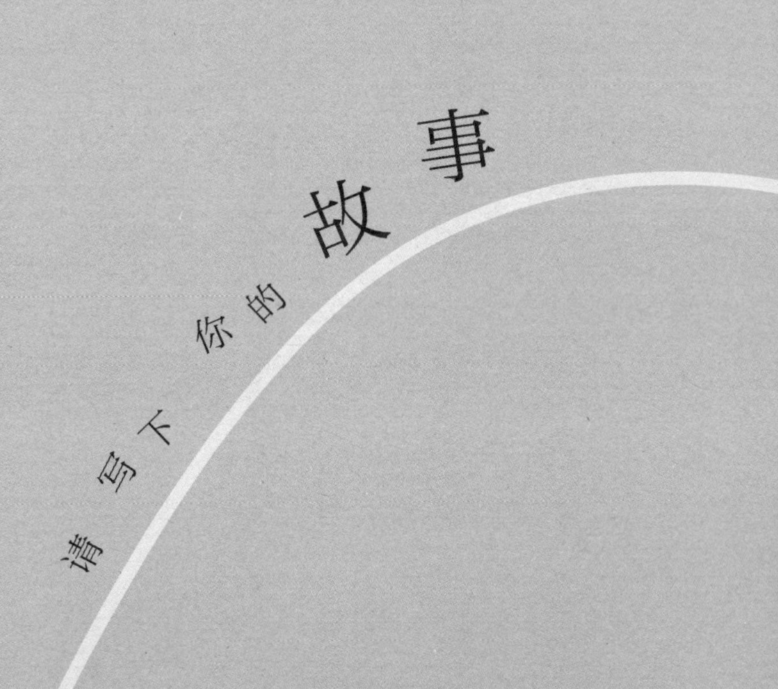
请写下你的故事

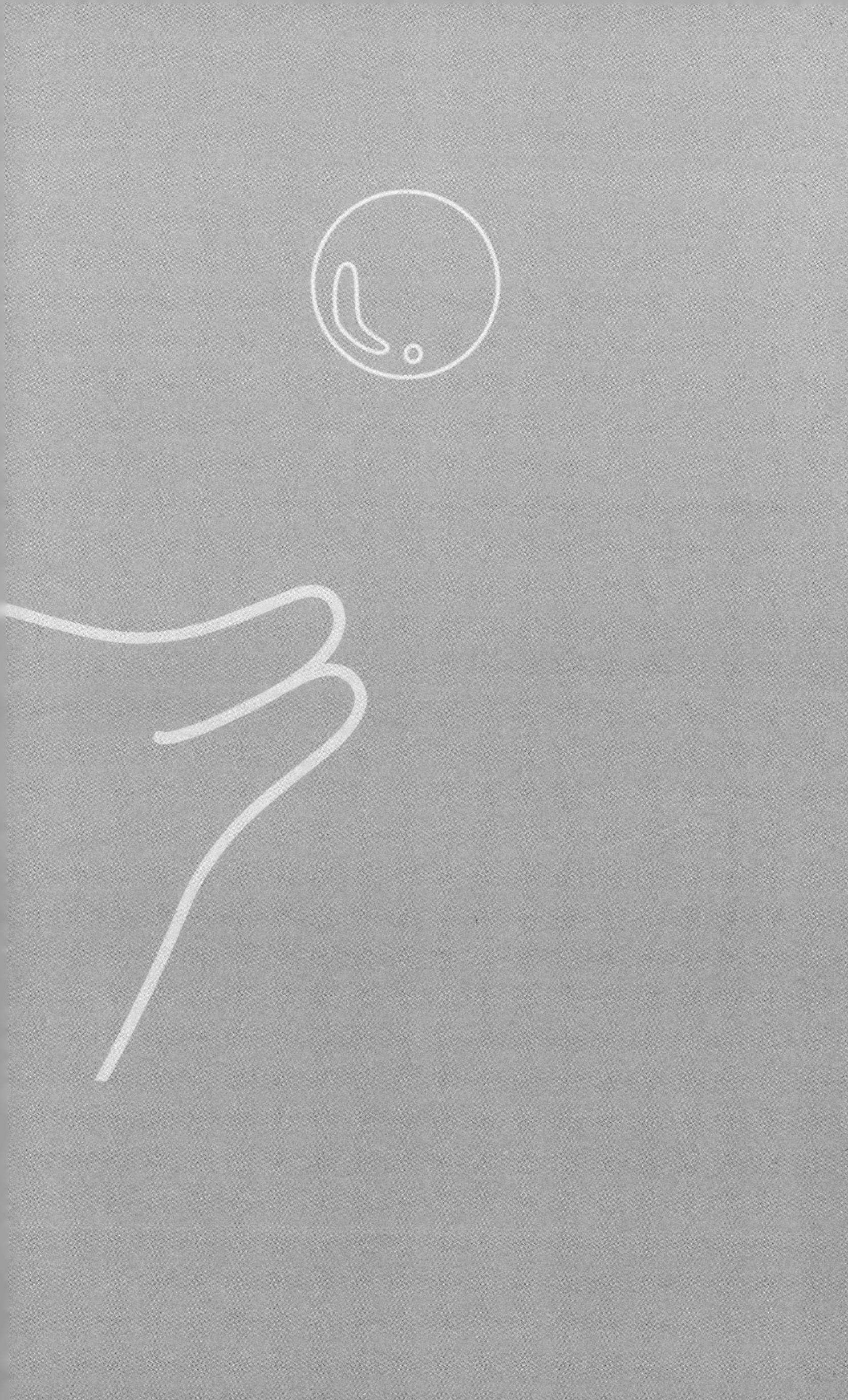